Rudolf Anton Fichtl

Das Kribbeln beim Bestatten dicker Dänen

Für Mark,
viel Freude
beim Lesen
[illegible]
wünscht

R. A. Fichtl

BALAENA
VERLAG

Rudolf Anton Fichtl

Das Kribbeln beim Bestatten dicker Dänen

Satirische Lyrik

Balaena Verlag 2022

Die Deutsche Bibliothek verzeichnet diese Publikation in
der Deutschen Nationalbibliografie; detaillierte bibliografische
Daten sind im Internet abrufbar unter https://www.dnb.de/

2. Auflage

Zeichnung Seite 103: Lore Kienzl, www.lore-kienzl.de
Umschlagbild: Rudolf Anton Fichtl, www.rudolf-anton-fichtl.de

Gestaltung und Satz: Kraus PrePrint, Landsberg am Lech
Druck: Memminger MedienCentrum Druckerei- und Verlags-AG

ISBN 978-3-9819984-5-0
Printed in Germany

Für

Regine
Tabea, Emil, Amrei, Felicie

Das Kribbeln beim Bestatten reicher Tanten

Das Kribbeln beim Bestatten reicher Tanten,
die hochbetagt – der Herr schenk ihnen Frieden –
als Jungfraun gänzlich unbefleckt verschieden,
befällt oft eine Vielzahl von Verwandten,
das Kribbeln beim Bestatten reicher Tanten.

Artikulationsübung für Nachrichtensprecher

Rita Reibers Riesenrülpser

Regierungsrätin Rita Reiber
rülpste Roterübensaft,
Reiberdatschi, Röstkartoffeln
regelmäßig rüpelhaft.
Ritas Rülpser rochen ranzig,
reisebusreserveklo-
rauhhaardackelrüdenmäßig,
rochen rundum richtig roh.

Regierungsrätin Rita Reibers
Ratskollege Robert Rex
rügte restlos resignierend
Rita Reibers Rülpsreflex.
Reagierte reichlich ruppig:
Rechtsschutz, Rechtsstreit, Revision.
Richter rieten Rita Reiber:
reduzierte Rülpsaktion.

Rita Reiber rebellierte,
rülpste Riesling, Rührei, Raps,
Rindsrouladen, Rettichreste,
Roastbeef, Ramazzottischnaps,
rülpste rare Rollmopsrülpser,
Rahmgemüse, Roggenbrot.
Richter reagierten rüde:

Radikales Rülpsverbot.

Was in meiner Macht steht

Wenn Ungeheuer dich bedrohten,
für dich würd ich sie niederringen,
verschlüg's dich bis auf die Lofoten,
ich holte dich auf Adlers Schwingen.

Würd dich das Schicksal hart bedrängen,
dann würde ich den Marsch ihm blasen,
hielt dich dein Hauswart in den Fängen,
dann mähte ich für dich den Rasen.

Wenn du dir mal den Fuß verstauchtest,
ein Leben lang würd ich dich stützen.
Nur wenn du dringend Kohle brauchtest,
könnt ich dir herzlich wenig nützen.

Zur falschen Zeit am falschen Ort

Ich nahm die U-Bahn heute,
Marienplatz mein Ziel,
da plötzlich eine Meute
von Deppen: Bayernspiel.

Der Dirigent

Er probt tagtäglich stundenlang
im Frack vorm Spiegel Posen
und träumt dabei entrückt vom Klang
wie die Applause tosen.

Er sorgt sich nicht um Partitur,
um Bläser, Bratschen, Geigen,
er sorgt sich nur um die Frisur
beim Feierlichverneigen.

Das Publikum beklatscht ihn sehr,
doch, Hand aufs Herz, mal ehrlich:
Vom ganzen Klangkörper ist er
als Einziger entbehrlich.

Subventionierte Hochkultur

„Mechthild von Thüringen“
3. Akt, 4. Aufzug, 2. Bild

Im Hintergrund, kaum erkennbar im Nebel, Schloss Frauenprießnitz. Rechts eine sechsspännige Kutsche mit Lipizzanern, links von der Kutsche allerlei Volk: Bauern, Leineweber, Kesselflicker, Schustersleut, Zimmerer, fahrende Gesellen. Vor der Kutsche: Kinder in der Tracht der Hohenzollern um einen Brunnen tanzend. Schräg vor den Kindern ein Spielmannszug mit Trommlern, Querpfeifern und Schellenbaumspielern. In der Kutsche: Feldmarschall von Kühlau in Uniform. Ganz links am Bühnenrand: Abordnung der herzoglichen Jägerschaft mit Flinten und Jagdhunden, halbrechts davor, auf der untersten Stufe einer Eschenleiter, angelehnt an dem linken Vorderrad der Kutsche, Mechthild von Thüringen. Mechthild klatscht dreimal in die Hände, Feldmarschall von Kühlau steigt daraufhin aus der Kutsche, schreitet im Stechschritt zu dem Kleinsten der Kesselflicker und reicht ihm mit ausladender Geste einen riesigen Holzeimer mit dem Wappen des Grafen von Braunschweig.

Mechthild steigt von der Leiter, kniet nieder und wendet den Blick zu dem Holzeimer.

Mechthild: Ach, wie sehr verlangt mein Herz
nach dem Liebsten. Welch ein Schmerz!

Vorhang.

Nachbesserung beim Werkvertrag

Es ist jetzt exakt circa drei Wochen her,
da hatt ich mir trotz klammer Kassen
nen reißzähnefletschenden Kodiakbär
als Rückentattoo stechen lassen.

Mein Gott, sah das scheiße aus, mehr wie ein Barsch,
ein Bär war da nicht zu erkennen.
Die Kumpels, die rätselten: Molch oder Arsch?
Mir war für ne Woche zum Flennen.

Dann hatt man mich wieder ins Studio gelockt,
sie wollten „den Mangel beheben".
Dort wurde die Sache erst richtig verbockt
und kostete beinah mein Leben.

Sie hätten beim Stechen „ein wenig gepatzt",
weshalb etwa zwei Liter Farbe
ganz plötzlich, „weil eine Patrone geplatzt"...
Ich zeig Ihnen gerne die Narbe.

Nun hab ich am Donnerstag wieder Termin,
sie wollen es nochmal versuchen.
Schon jetzt gab's ein Körbchen mit Obst, Vitamin-
saft, Chips, Marmelade und Kuchen.

Heimsieg beim Philosophenball im „Bayerischen Hof“ zu München

Heut steigt der Philosophenball
im „König Ludwig Saal“,
und erstmals auf speziellen Wunsch hin:
ständig Damenwahl.

Die Weisheit, hieß es, käme auch,
sie suche einen Mann,
mit dem sie dann, sobald es geht,
zusammenziehen kann.

Das hat die Wirkung nicht verfehlt,
der Saal ist proppenvoll
mit Spitzendenkern dicht besetzt,
die Stimmung – mitteltoll.

Denn mancher wirkt etwas verkrampft,
die Konkurrenz ist groß.
Die Tür geht auf, die Weisheit kommt,
der Hahnenkampf bricht los.

Die Weisheit sucht sich Nietzsche aus,
sie tanzt mit Friedrich Schieber,
doch nach zwei Runden ist, so scheint's,
ihr Wittgenstein fast lieber.

Nun, auch mit diesem geht's nicht lang,
sie tanzt mit Habermas.
Als Kierkegaard dies registriert,
beschlägt sein Brillenglas.

Jetzt kriegt der Hegel seine Chance,
doch kann er sie nicht nutzen,
weil ihm bei einem schnellen Dreh
die Hosenträger rutschen.

Nicht Leibniz und nicht Heidegger,
nicht Popper, Marx, Foucault,
nicht Russell, Kant, nicht David Hume,
nicht Sartre, nicht Rousseau.

Die Weisheit, sie hat wohl gewählt,
nein, auch nicht Schopenhauer.
Sie wählte höchste Qualität:
den Franzl Beckenbauer.

14 UFOs über Wien

7 Fliegen. In der Küche:
21 Grad. Jedoch
18.000 Widersprüche:
Kein Bordell am Stilfser Joch.

8 Marinereservisten,
20 Liter Sprit im Tank,
17 Geigenlehrer pissten
hintern Medizinballschrank.

15 Plattfußindianer
konsumieren Bio-Reis,
190 Lutheraner
ohne Personalausweis!

13 dicke Baronessen
mieten sich 1 Trampolin.
Fast den Titel noch vergessen:

14 UFOs über Wien.

Schöpfungsberichte in den Apokryphen – Folge 6
Das Buch Holger 1,1-5

1 [1]Ganz am Anfang waren Worte,
wie zum Beispiel „Apfeltorte“.
[2]Quatsch! [3]Es war ein einzig Wort nur –
höchstwahrscheinlich „Ford-Escort-Uhr“.

[4]Falsch, das war es nie und nimmer,
richtig ist wohl „Zweibettzimmer“,
doch das dürfte auch nicht stimmen,
denn das Wort hieß „Magengrimmen“.

[5]Dann gab’s Weltall und Distanzen,
später mehr vom großen Ganzen,
und zum Schluss ging’s immer schneller
hin vom Ein- zum Appenzeller.

Danksagung

Der eine trinkt Prosecco nur,
der andere nur Wein,
beim einen muss es Whisky pur,
beim andern Obstler sein.

Der eine schwört auf Pils vom Fass,
der andere auf Korn,
beim einen liegt die dunkle Maß,
beim andern Ouzo vorn.

Der eine mag nur Weizenbier,
der andere nur Sekt.
Mein Gott, was bin ich froh, dass mir
das alles prima schmeckt.

Saturday Night Fever in Theo's Tanz Tempel

Während Edith nun schon locker
eindreiviertel Stunden stuhlt
und ihr Stefan zu Joe Cocker
vollgepumpt mit Betablocker
intensiv um Inge buhlt,

wird Matthias unterdessen
vor der Bar reanimiert.
Er hat viel zu fett gegessen
und ist altersangemessen
dementsprechend kollabiert.

Alexander lehnt am Tresen,
weil er böse umgeknickt,
tut, als wäre nichts gewesen,
wieder einmal nichts als Spesen.
Roland ist längst eingenickt.

Barbara, die fühlt sich „komisch",
sie verträgt den Wein nicht mehr.
Margot tanzt jetzt „ökonomisch"
und selbst Gerd macht anatomisch
zwischenzeitlich nichts mehr her.

Kurz vor elf Uhr: Letzte Runde,
Siegerehrung-Songcontest,
Rausschmeißnummer: Rosamunde,
jetzt verbreitet sich die Kunde:
Edith sitzt am Klo noch fest.

Oktoberfesterkenntnis

Nur mit dir im Autoskooter,
Händchenhalten, Riesenrad,
Büchsenwerfen, Zuckerwatte,
Hau-den-Lukas-Ruhmestat.

Durch die Lichterstraßen wandeln
– Such dir eine Rose aus! –,
Hell-Express, gebrannte Mandeln,
Top-Spin, Küsschen, Wilde Maus.

Dir das größte Herz geschossen,
dann im Augustinerzelt
unser junges Glück begossen
und zwei Hendl gleich bestellt.

Als ich kurze Zeit drauf später
sah, wie du ein Hendl isst,
war ich mir dann nicht mehr sicher,
ob die Richtige du bist.

Da capo al fine

Vierundzwanzig schwarze Raben
krächzen schon seit zwei, drei Tagen
in den höchsten Rabenlagen,
weil sie argen Hunger haben.

Schließlich wagt ein Spatz zu sagen:
„Soll'n se halt mal Würmer jagen",
denn er kann dies Rabenklagen
auf die Dauer nicht vertragen.

Ohne es zu hinterfragen,
klagen weiterhin die Raben,
statt nach Fressbarem zu graben,
über chronisch leere Magen –

über chronisch leere Mägen.
Und statt einmal abzuwägen,
zur Rettung ihrer Rabenkrägen
vor den Rabenleichenwägen

sich mal doch vom Ast zu wagen,
ist an dieser Stell zu sagen,
dass die vierundzwanzig Raben
weiter nur geschrien haben.

Abschiedsbriefe

Es hat ihn knüppelhart erwischt.
In den letzten Jahren musste er folgende Nachrichten auf dem Küchentisch vorfinden:

Zu guter Letzt, so dacht ich mir,
sag ich Dir's möglichst milde:
Nicht eins der Kinder ist von Dir.
Nimm's nicht so schwer. Tschüss

Hilde

Bei Dir gab's immer Billigbier,
ich steh mehr auf Champagner,
drum gehe ich, und Du bleibst hier.
Adieu, das war's dann,

Anja

Dein Mundgeruch belastet sehr,
noch stärker Deine Winde.
Ich hab's versucht, ich kann nicht mehr.
So leid's mir tut.

Sieglinde

Wie sehr hab ich davon geträumt:
von Strand und Whisky-Cola.
Ich hab Dein Konto abgeräumt.
Aus Rio grüßt

Carola

Daraufhin fischte er im anderen Becken:

Du wirkst so lächerlich, Chérie,
in Deinem rosa Twingo.
Ich zieh zu Detlef. C'est la vie,
denn der fährt Porsche.

Ingo

Kommando zurück:

Ich hab gekocht, gesaugt, gewischt,
von Dir kam nie ein Danke.
Ich hab Arsen ins Bier gemischt.
Have good vibrations!

Anke

Jetzendorfer Jagdvereinsjubiläum

In Reih und Glied stramm aufgestellt
in laubfroschgrünen Jacken,
das Haupthaar glatt bis stark gewellt,
mit stolz geschwellter Brust,

so blasen und so schmettern sie
aus aufgeblähten Backen
ins Jagdhorn, wirklich gut wie nie,
doch's Publikum schiebt Frust.

Denn „gut wie nie“ ist relativ,
es lauert manche Tücke,
das ganze Halali tönt schief:
ein klanglich schräges Bild.

Das Hornquartett entscheidet nun:
„Wir spielen noch zwei Stücke!“
Das Publikum beneidet nun
das frisch erlegte Wild.

Glückspilz

Zwei Knaben gingen durch das Korn,
da fand der vorn im Korn ein Porn-
oheft und rief: „Wie wunderbar,
dass grade ich der vorne war!“

Der Wahrsager

Er starrt in Karten, Kugel, Hand
und faselt dann was Wahres.
Er tut dies, wie der Rest vom Stand,
seit jeher nur für Bares.

Die Kundschaft lauscht mucksmäuschenstill
und fleht „Wie geht es weiter?“,
und was die Kundschaft hören will,
genau das prophezeit er.

Nur, dass der Herr, der zahlte bar
mit Hundertern heut Morgen,
ein Fahnder vom Finanzamt war,
blieb leider ihm verborgen.

Dosenpfand mit Anschnallpflicht

Fass in Blau kann Leben spenden
wie Jehovas Monogramm,
Walnussholz kann Rhythmus senden:
„Tuut-Tut-Tuut-Tut“ steht für „Lamm“.

Rostig schweigt die Sonnenblume,
wenn der Morgentau verblüht,
Blutwurst deckt die Schwarzbrotkrume
an die Wolkenwand gesprüht.

Steißbeinbruch verlangt nach Schienung,
kochend heißes Rot-in-Rot,
Restaurant mit Selbstbedienung,
Heldenlied aus Taubenkot.

Flug nach Rom muss zwischenlanden,
Dosenpfand mit Anschnallpflicht.

Hab'n Sie mein Gedicht verstanden?

Ich, ganz ehrlich, leider nicht.

Blöd gelaufen

Im Erpftinger Wald wurd ein Jogger erschossen
durch Blattschuss gezielt von nem Jägerstand aus.
Der Schütze, der Obmann der Waidmannsgenossen,
kam unverhofft schnell aus der Haft wieder raus.
Der Jogger hat nämlich – schön blöd, muss man sagen –
beim Joggen ein Stirnband von „Reebok“ getragen.

Wirkung und Ursache

Urplötzlich ertönte ein Chor von Posaunen,
ein gülden und vollmundig strahlender Klang.
Verzaubert entrückt mit unendlichem Staunen
so glaubt ich zu schweben, als Engelsgesang

auf himmlische Weise in schillernden Sphären
durch Blüten, die tanzten wie Elfen im Licht,
mich bebend verzückte, und fast schon als wären…,
erschien ganz allmählich Kai-Uwes Gesicht.

Er sagte, ich sei in der Mauer gestanden
und habe dabei noch den Freistoß moniert,
da habe der 12er nen höchst fulminanten
Gewaltschuss mir voll in die Eier platziert.

Verdachtsdiagnose: Möbelpoliturpsychose

Nichts stimmt im Leben mich so froh
wie honiggelbe Möbelpo-
litur.

Sie rettet meinen Tageslauf:
Ich schau beim Putzen kaum noch auf
die Uhr.

Mit ihr pfleg ich den Dielenschrank
sowie die morsche Eichenbank
im Flur.

Desgleichen meinen ganzen Stolz,
die filigrane Ebenholz-
figur.

Und nebenbei verschönert sie
in puncto Glanz und Fülle die
Frisur.

Doch ist mir um das Herz so bang,
ich muss ab Montag wochenlang
zur Kur.

Was mach ich bloß auf dieser Kur
ganz ohne Möbelpolitur
denn nur?

Ein Mann klopft an

Verzückt frohlockt der Engel Chor,
da klopft ein Mann am Himmelstor.
Sankt Petrus fragt ihn, wer er wär,
der Mann sagt: „Tach! Ich bin der Er",

und just im selben Augenblick,
grad so als wär's ein Zaubertrick
– Sankt Petrus kriegt nen Riesenschreck –
ist dieser Mann auf einmal weg

und gleich darauf schon wieder da.
Sankt Petrus rätselt, wo der war,
und fragt ihn nochmals: „Sie sind wer?"
Der Mann erwidert: „Ich bin Er",

und beinah so als wär's ein Sport,
ist – zack! – der Mann schon wieder fort.
So geht es ohne Unterlass,
Sankt Petrus wird vor Ärger blass.

Der Mann ist weg – der Mann sagt Er,
bis Petrus ruft: „Der Chef muss her!"
Da eilt der Herrgott schon herbei
und klärt sie auf, die Zauberei:

Der Erhard wurd vom Bus touchiert,
er wird zurzeit reanimiert.

Hätten Sie's gewusst?

Knapp neunzig von hundert Matrosen
trotzen dem Wind und dem Tosen
des Meeres mit Goretexhosen.

Doch leider, so lauten Prognosen,
erkranken von diesen Matrosen
fast alle – und nicht nur Mimosen
der Goretexhosenmatrosen –
vermutlich infolge der Hosen
an ultradubiosen Neurosen.

Dagegen sind viele Matrosen,
die täglich den Dienst nur in bloßen
ganz simplen Matrosenschutzhosen
verrichten, gewöhnlich im Großen
und Ganzen gefeit vor Neurosen,
sie neigen jedoch zu kuriosen
Matrosenschutzhosenthrombosen.

Jetzt kam's auch noch prompt zur famosen
Entdeckung: Das mit den Thrombosen
gilt längst nicht für alle Matrosen
in simplen Matrosenschutzhosen.

So leiden zum Beispiel Franzosen
nebst großen Matrosen aus Posen
aufgrund ihres ungemein losen
Konsumes von Spirituosen
in überaus reichlichen Dosen
zwar häufig an Parodontosen,

doch eigentlich nie an kuriosen
Matrosenschutzhosenthrombosen
und Goretexhosenneurosen.

Dies gilt jedoch nur für Franzosen
nebst großen Matrosen aus Posen
und zudem für alle aus Rosen-
heim stammenden Hochseematrosen
sowie für die paar burschikosen
matrosenschutzhosenlosen Matrosen.

In der Regel

Wenn ich mir Gedanken mach
ob der Umwelt, ob des Klimas,

wenn ich nächtens liege wach
ob der Wasserarmut Limas,

wenn mich Unwohlsein befällt
ob der Mittelstandsfinanzen,

wenn es mir den Tag vergällt
ob so mancher Diskrepanzen,

wenn mich Sorge übermannt
ob der Frühjahrszeckenplage,

wenn der Nacken furchtbar spannt
ob der Bundestrainerfrage,

wenn ich hyperventilier
trotz diverser Stimmungslieder,

trink ich eine Kiste Bier.
In der Regel geht's dann wieder.

Perlen der Schüttelreimlyrik

Ich will ja nicht prahlen

Im Tie-Break schlug ich letzten Monat,
ihr glaubt es nicht, Sven Metzten-Lonat*!

Und doch so schlank

Zum Tee verputzt der Kaiser Franz
seit jeher einen Faiser Kranz**.

Verpatzte Einlage zu Uschis Fünfzigstem

Als wir jüngst bei Uschi saßen
und mit Uschi Sushi aßen,
sang so schräg ihr Frauenchor***,
dass es uns beim Kauen fror.

---

* Schwedischer Tennis-Junioren-Vizemeister 1978

** Südtiroler Quarksüßspeise

*** „Die Nussdorfer Nachtigallen“

Der Landwirt

Der Landwirt wähnt sich bettelarm,
frisst dennoch täglich Schinken,
verbreitet derben Bauerncharme
und neigt extrem zum Stinken.

Er wiegt Kartoffeln ab und lacht,
er selbst wiegt meist zwei Zentner,
bescheißt die Städter, dass es kracht,
Beamte, Hausfraun, Rentner.

Er fährt den Trecker gern im Suff,
die Flasche in der Linken,
bringt Gülleduft in jeden Puff
und unterlässt das Blinken.

Multitalent Arndt

Arndt beherrschte Cellospielen
durchaus edelexquisit,
formulierte grundsubtilen
Hochhumor im Jeckenlied,
konnte Lamas modellieren,
notfalls Otto parodieren
– quasi richtig starke Tricks –
und vorzüglich wortreich x
Yogaweisheiten zitieren.

Firmung in Pirmasens

An der Kirche lehnt ein Schirm,
und derweil es Fäden regnet,
wird darinnen bei der Firm-
ung ein Firmling grad gesegnet.

Wo ist nur mein Regenschirm?,
kommt's ihm plötzlich penetrant,
trägt dabei von „Moden Hirm-
er" ein Baumwollfirmgewand.

Triefend stand der Regenschirm
einsam an der Kirchenwand,
so dass letztlich prompt in Pirm-
asens dieser Schirm verschwand.

Später, leider ohne Schirm,
durft der Firmling dann im Regen
mit dem Paten auf die Kirm-
es noch gehn des Feierns wegen.

Konfirmation in Xanten

Hochnervöse Konfirmanden
schritten scheu wie Debütanten
unter extra aufgespannten
bunten PVC-Girlanden

vor den Augen der Passanten,
Paten, Freunde, Blutsverwandten
und diverser Gratulanten
schräg vorbei an zwei Hydranten

in die Christuskirch zu Xanten.

Während dort die Kerzen brannten,
schimpften prompt ein paar Pedanten,
weil die oben just genannten
jugendlichen Protestanten

gleich verirrten Elefanten
in der Christuskirch rumrannten,
so dass selbst die toleranten
von den Tanten dann bekannten,

dass sie's dilettantisch fanden.

Wiedergutmachungsversuch

Ich schenkte meiner Beatrix
zum zehnten Hochzeitstag
statt des gewünschten Thermomix
ein gutes Dutzend Maggi Fix
und zwei Pfund Kaffee Hag.

Drauf schenkte mir die Beatrix
mit Schmackes eine ein,
dann rief sie fix, ich tauge nix,
ich sei ein selten blöder Wichs-
er, Riesenarsch und Schwein.

Nun schenk ich meiner Beatrix
zum nächsten Hochzeitstag
statt Kaffee Hag und Maggi Fix
den allerneusten Thermomix
und einen Flug nach Prag.

Und dafür sind wir angereist?

Als Dieäußerstseltenblinken
schon am frühen Donnerstag
und Diegernvonbrückenwinken
prompt zum Zehnuhrglockenschlag
wie Dienurmithartholzdrechseln
sich zum Abmarsch dann formierten
und Dieniediesockenwechseln
(dementsprechend transpirierten)
auf Diehäufiglodentragen
trafen hinterm C&A
und Dieimmersaublödfragen
wild skandierten „W-A-A!",
war am Ende keinem klar,
was das Demo-Thema war.

Folglich haben Diestetsvollen
sich paar Schnäpse eingeflößt
und Dieschnellnachhausewollen
gleich die Demo aufgelöst.

Walversprechen

Von der Größe kolossal
ist seit anno dazumal
immer schon der Wönlandgral.

Sorry, quatsch: der Grönlandwal.

Beim Homöopathen

Patientin klagt: „Mich plagt der Hals“,
und er stellt hundert Fragen,
um schließlich dann nichts weiter als
Arsenicum zu sagen.

Kurz drauf sitzt sie schon wieder da,
ihr Hals, er schmerzt noch immer,
jetzt greift er zu Nux vomica,
ihr Hals indes schmerzt schlimmer.

Nach Phosphor, Apis, Arnika
und Sulfur rät er: „Eher
hilft ganz gewiss Ignatia –
vielleicht auch Silicea.“

Nur vierzehn Tage später schon:
Patientin wird gesünder.
Und wieder zeigt sich mal: Die Hom-
öopathie wirkt Wünder.

Das Nibelungen-Fragment

Im Oktober 2020 wurde bei Bauarbeiten im Kellergewölbe der Volksbühne Berlin ein zweiseitiges Fragment gefunden, das vermutlich auf der bis dato unbekannten Originalfassung des Nibelungenliedes basiert. Es schildert einen Dialog zwischen Siegfried und Kriemhild beim gemeinsamen Ausritt im Wormser Auenwald am Vortag ihrer Hochzeitsfeier.

Kriemhild: Kannst du in diesen Ritterzeiten
mal ohne dein Gezitter reiten
des guten Rufs der Ritter wegen?

Siegfried: Ich fürcht mich vor Gewitterregen.

Kriemhild: Ich muss mit wenig Wonne sehen,
(zu sich) wie Wolken vor die Sonne wehen.
Wenn Siegfried jetzt zum Himmel schaut,
kann's sein, dass's ihn vom Schimmel haut.
(zu Siegfried) Komm, essen wir die Eierspeis
und abends noch in Speyer Eis!

Siegfried: Ich wollt auf unsre Feier sparen
und nicht ins teure Speyer fahren.
Wollt hier noch hinter Buchen kacken
und dann für morgen Kuchen backen.

Kriemhild: Gebäck ist gut für Vierbeiner,
ich find zum Feiern Bier feiner.

Siegfried: Wo andre sich bei Bieren necken,
geht Bier bei mir aufs Nierenbecken.
Drum presst uns morgen Hagen Saft,
denn Saft …

Kriemhild: … bekommt dir sagenhaft.

Siegfried: Du sagst es, meine süße Fee.

Kriemhild: Weil ich grad deine Füße seh –
just eben hab ich mir gedacht:
Du hast wohl Socken dir gemacht?

Siegfried: Die nicht! Die hat mir Ute geben.
Ich fror. So ist die Gute eben.

Kriemhild: Mir dünkt, die Socken stinken fein.

Siegfried: Sie stammen von Burg Finkenstein.

Kriemhild: Was man am Hofe mächtig preist,
ist leider halb so prächtig meist.

Siegfried: Ach, Kriemhild, ob ich's wagen sollte,
(freudig) was ich dir längst schon sagen wollte:
Ich stick auf meine Reckenhose
zur Hochzeit eine Heckenrose.

Kriemhild: Was man am Hofe mächtig preist,
(konsterniert) ist leider halb so prächtig meist.

Siegfried: Oh Gott, siehst du den Schattenriss?

Kriemhild: Hast du jetzt schon vor Ratten Schiss?

Siegfried: Mir machen Blitz und Nässe Kummer.

Kriemhild: Dagegen hilft ne kesse Nummer!

Siegfried: Ich würd ja unter Flieder lüstern
(weinerlich) dir liebend gerne Lieder flüstern,
doch graut mir vor der Mücken Stich,
mit dem sie oft bestücken mich.
Du solltest noch vom Baden wissen,
wie arg sie meine Waden bissen,
als ich vom vielen Singen schlief.

Drehbuch: Christof Schlingensief

Dafür, dass …

… die Ludwigshafenreisen,
obendrein die Waldbrandschneisen,
dass die Polizeireviere
in Bad Ems und Gütersloh

neben Korianderspeisen
und Rowentabügeleisen,
dass selbst Kleinstadtjuweliere
und das Ulmer Fundbüro,

überdies die Tischbeinkanten,
ferner Grönlandemigranten,
dass die Neunzehnkommasieben
und ein Koch, der nur noch gähnt,

dass die Sprengstofffabrikanten,
schlicht, dass alle Vorgenannten
– nur dafür wurd dies geschrieben –
auch mal im Gedicht erwähnt.

Der Fahrlehrer

Er lehrt, was – glaubt er – er nur kann,
er weiß: Es gilt sein Wille.
Er hält sich schlicht für Supermann
mit Porsche-Sonnenbrille.

Im Fahrschulauto spielt er Gott,
lässt arme Schweine schwitzen.
Es ernten seinen Hohn und Spott
die grad am Steuer sitzen.

Doch lenkt ne Dame, jung und blond
– sieh an: Metamorphose! –,
wird er charmant wie ein James Bond
(mit Beule in der Hose).

Wie ich in einer altbayerischen Traditionswirtschaft nach der Bestellung von Kalbsleber mit Semmelknödeln eine sich anbahnende Konfliktsituation durch Anwendung bewährter Deeskalationstechniken virtuos entschärfte

Die Leber ist von einem Hund
und nicht von einem Kalbe.
Ich wink ihn her, den Ober, und
bestell noch eine Halbe.

Flug 210

Meine Damen, meine Herren,
hier spricht Frank, Ihr Kapitän,
Prösterchen und – HICKS – zusammen
– HICKS – im Airbus, Flug zwozehn,

heute Nacht von Köln nach Dubai,
nee – von Köln nach Budapest,
Grüße auch von der Besatzung
und vom Rest vom Schützenfest.

Denke – HICKS –, dass wir bald starten,
hier spricht Frank, Ihr Kapitän,
Ihr könnt Fränkie zu mir sagen
– HICKS – auf Flug – auf Flug zwozehn.

Hello, here speaks Frank, your captain,
hello peoples, greetings from
rest of shooters' party – HICKS –, we
hope to Budapest we komm.

So, die Türen sind geschlossen.
Tralalala Budapest!
Heute haun wir auf die Pauke
auf dem – HICKS – nach Bukarest

– HICKS –, latürnich Budapest. Nun
alle anschnalln! Und zuletzt:
Hollari und hollaröchen!
Happy flight, wir starting jetzt.

HICKS.
Over.

Die Hersteller-Quadrologie

Ein Fernrohrhersteller aus Herne
erklärte, man säh in der Ferne
mit seinem Produkt
– sofern man durchguckt –
die weitentferntesten Sterne.

Ein Pillenhersteller aus Hagen
erklärte, selbst Krämpfe im Magen
wär'n durch sein Produkt
– sofern man es schluckt –
fast lächerlich leicht zu ertragen.

Ein Frisbeehersteller aus Halle
erklärte, sehr selten nur knalle
sein neustes Produkt
– sofern man sich duckt –
von vorne frontal auf die Galle.

Ein Flintenhersteller aus Husum
erklärte, er schieße gern Gnus um
mit seinem Produkt
– sofern es ihn juckt –,
denn sie fielen so herrlich abstrus um.

Das Kribbeln beim Bestatten Prominenter

Das Kribbeln beim Bestatten Prominenter
ist regelmäßig schon nach ein paar Stunden
beim Großteil der Bestatter ganz verschwunden,
zumindest aber wesentlich latenter,
das Kribbeln beim Bestatten Prominenter.

Selbstdiagnose

An der Tür ein Scherenschleifer,
doch ein Arzt wäre mir lieber,
denn ich fürchte, ich hab Pfeiffer-
sches

– wie heißt's noch? –

Drüsenfieber.

Tobias

Wie soll ich jetzt diesen Tobias beschreiben?
Er ist nicht sehr mager und auch nicht sehr fett,
und hat er die Wahl zwischen Gehen und Bleiben,
dann bleibt er bisweilen und geht dann ins Bett.

Wie soll ich jetzt diesen Tobias beschreiben?
Er hat einen strohblonden Onkel in Mainz,
der freut sich alljährlich aufs Karnevalstreiben
und heißt – laut Tobias – mit Vornamen Heinz.

Wie soll ich jetzt diesen Tobias beschreiben?
Er hat sich beim Schlafen die Schulter verrenkt
und sammelt seit je Parmesankäsereiben;
grad neulich hat Jürgen ihm eine geschenkt.

Er war der millionste Besucher des Wasen
in Cannstatt, September im vorletzten Jahr,
er ließ sich komplett die Veranda verglasen,
zahlt manchmal mit Karte und manchmal in bar.

Wie soll ich jetzt diesen Tobias beschreiben?
Mir fällt das beileibe nicht sonderlich leicht.
Ich kann nur mit freundlichen Grüßen verbleiben
und hoffen, dass diese Beschreibung hier reicht.

Sechserprobiertragerl

Am Montag: Radeberger Pils.
Erfrischend herb, sehr fein.
Ich denke mir und sag es hier:
Genau so muss Bier sein.

Am Dienstag: Weihenstephaner.
Ein satt gold-gelbes Bier.
Der Schaum bleibt schön und lange stehn:
Ja, so gefällt Bier mir.

Am Mittwoch dann: ein Riegele.
Für diesmal ein Export.
Schmeckt süffig, gut! Ich zieh den Hut:
Ein Spitzenbier, mein Wort.

Am Donnerstag: ein Andechser.
Welch kräftig dunkles Braun.
Geschmack 1a, kommt wunderbar
und ist schön anzuschaun.

Am Freitag: Augustiner Hell.
Ein einwandfreier Saft,
der spielend leicht und unerreicht
grandiose Stimmung schafft.

Am Samstag schließlich: Oettinger.
Das schmeckt wie frisch gepisst.
Da merkt man schnell, dass hier das „Hell“
auf Englisch wohl geschrieben ist.

Quintessenz

Ich gebe hiermit allen kund:

Bei mir zuhause geht es rund,
und dass es rund geht, hat nen Grund,
und dieser Grund, das ist ein Hund.

Den kaufte ich für 15 Pfund
beim Londoner Verkehrsverbund
zum Schnäppchenpreis als U-Bahn-Fund,
obwohl mein Schwager Sigismund
behauptete, der Hund sei Schund.

Mir schien er fit und kerngesund –
ich mein den Hund, nicht Sigismund.

Jetzt bellt der Hund fast jede Stund.

Er leidet an Gedächtnisschwund,
Gastritis, Krätze und, und, und …

So langsam wird's mir echt zu bunt,
ich kauf mir niemals mehr nen Hund –

zumindest keinen U-Bahn-Fund
vom Londoner Verkehrsverbund.

In einer Sushi-Bar in Dortmund

In einer Sushi-Bar in Dortmund
– es mag auch Kiel gewesen sein –
da gab ein Hesse jüngst vor Ort kund,
er trinke nur noch Apfelwein.

Pardon. Die Sache war in Mannheim,
ich glaub, es war auch keine Bar,
und langsam dämmert mir, es kann sein,
dass dieser Kerl kein Hesse war.

Na klar! Es war beim Pizzaessen,
und dieser Hesse war ne Frau,
und diese Frau war nicht aus Hessen,
die war aus Oberammergau.

Mit Essen, denk ich, lieg ich richtig,
doch Pizza? Pizza eher nicht.
Da fällt mir ein, und das ist wichtig:
Es gab ein indisches Gericht.

Es war, mein ich, auch keine Dame,
es war ein Gartenbauverein,
der machte für Salat Reklame,
und niemand sprach von Apfelwein.

Obwohl – das nen Verein zu nennen,
das trifft es reichlich ungenau,
und schließlich muss ich noch bekennen,
war's kein Verein für Gartenbau.

Es war vielmehr ein Liberaler
auf einer leichten Klettertour,
ein ganz banaler Steuerzahler
in Baden-Württemberg zur Kur.

Moment, ich muss mich korrigieren,
die Kur, die war schon letztes Jahr.
Ich möchte hier nicht spekulieren –
ob der noch Liberaler war?

Das würd ich nicht per Eid erklären …

Wie, Auslagen?

Da fiel nichts an.
Nein, ich verzichte, Euer Ehren,
ich helfe gern und wo ich kann.

Der Exhibitionist

Der Exhibitionist hat’s schwer,
er muss im Dickicht kauern
und mittendrin im Zeckenmeer
auf Joggerinnen lauern.

Sogar im Winter pflegt er noch,
bekleidet nur mit Socken
und einem Trenchcoat, Woch für Woch
im Unterholz zu hocken.

Er klagt nicht, selbst in Anbetracht
der offenen Bewährung.
Dem, der was so mit Herzblut macht,
gebührt unsre Verehrung.

Erklärung an Eidesstatt

Man munkelt im Ort, ich sei irre geworden
und fett wie ein trächtiges Schwein obendrein.
Man munkelt, ich sähe schon aus wie gestorben,
wie schimmelnde Bockwurst, seit Wochen verdorben,
und hätte vom Rauchen jetzt nur noch *ein* Bein.

Man munkelt im Ort, ich würd Cordhosen tragen
so groß wie ein Bierzelt und dennoch zu klein.
Man munkelt, ich hätte Gerlinde geschlagen
und stünde direkt vor nem Leberversagen
durch Unmengen billiger Schnäpse und Wein.

Man munkelt im Ort, ich sei grad auf Bewährung
mal raus aus dem Knast mittels Tücke und List,
und außerdem auch nur aufgrund von Verjährung.
Drum geb ich an Eidesstatt hier ne Erklärung
jetzt ab, dass das Ganze ne Falschmeldung ist.

Mir kam nun zu Ohrn, das Gerücht sei von Dieter,
er hätt was verwechselt und hätt's schon bereut,
er habe nicht mich gemeint, nur meinen Mieter.
Was bin ich jetzt froh, denn am Dreißigsten zieht er,
der Depp, also Dieter, nach Höllriegelskreuth.

Von Vögeln und Nudeln

Amsel, Drossel, Fink und Henne
zähl'n, so weiß ein jedes Kind,
zu den Vögeln, während Penne
zweifelsohne Nudeln sind.

Vögel können meistens singen,
leider nicht der Vogel Strauß,
wie bekannt sein dürfte, bringen
Nudeln keinen Ton heraus.

Toni schwört auf Makkaroni,
Moni, Dominik und Hans
essen lieber Cannelloni.
Jonathan bevorzugt Gans.

Der Klügere gibt nach
oder: Giacomos Geheimrezept

Herr Casanova sprach:
„Ich lass es jetzt mal raus:
Der Klügere gibt nach
dem Beischlaf einen aus."

Leberkäsethese

Meine These:
Leberkäse
schmeckt am besten warm

und verbreitet
so bereitet
wahren Leberkäsecharme.

Andrerseits ist,
wer ihn kalt isst,
auch nicht schlecht bedient,

weil er derart
– so meint Gerhard –
gut als Zwischenmahlzeit dient.

Wo, nun bitte,
liegt die Mitte?
Leberkäse lau?

Nein, das wäre
schlicht der schwere
Leberkäse-Super-GAU.

Spätsommerpleite

Er hatte schon ne Weile Gicht,
doch blieb er stets der geile Wicht,
der nackt sich tat auf Weiber legen
der Stimulanz der Leiber wegen,
als im August auf Heideboden
er sich verkühlte beide Hoden.

Viel schlimmer noch als Magenleiden
hieß es nun Liebeslagen meiden,
bis er dann, scheinbar ausgeheilt,
kam lüstern aus dem Haus geeilt.
Doch wollt sich zu dem lahmen Degen
nicht eine mehr der Damen legen.

So ist ihm nebst Augustverlangen
zum Schluss total die Lust vergangen.

Bitte alle mal herhören!

Dem Förster trieft das Schmalz aus beiden Ohren,
der Gästeblock erstarrt im Kollektiv,
ein Fachjournal für Außenbordmotoren
wird abbestellt. Am Strand bei Tel Aviv

gibt's nun schon fast seit Ende letzten Jahres
kein Schöller Eis mehr, nur Cornetto Nuss.
Nach Auskunft eines Delmenhorster Paares
klemmt wieder mal der Rucksackreißverschluss.

Ein Faschingskrapfen leckt, und währenddessen
ist Stromausfall in Ungarns Parlament,
ach ja, und um ein Haar hätt ich's vergessen:
Der Blutdruckreferenzwert wird gesenkt.

Der aktuelle Literaturtipp

Im
Gries, Grus, Gros – Gras
auf den Malediven

da
lies, lus, los – las
er von Leni Riefen-

stehl,
stiehl, stuhl, stohl – stahl
eines ihrer Bücher,

em-
pfiehl, pfuhl, pfohl – pfahl
dennoch Georg Büchner.

Tarzan-Trilogie

Lauter Ahnungslose

Als Tarzan am Ufer des Kongos
sich bastelte eigene Bongos,
hat er mit Primaten
darüber beraten,
wie wohl auf den Bongos ein Song goes.

Not macht erfinderisch

Als Tarzan dem Mittagsschlaf frönte,
erwachte er jäh, weil es dröhnte,
und sah mit Bestürzen,
wie Jane mittels Fürzen
von Affen die Haare sich föhnte.

Making-of

Als Tarzan durchs Blätterdach krachte
und Jane auch noch schadenfroh lachte,
ertönte es schroff
direkt aus dem Off:
„Mensch, Weissmüller! Klappe. Die Achte!"

Janes Geburtstagsbankett

Als Jane, ihre Haarpracht von tiefstem Brünett
mit Blüten geflochten zu Zöpfen gebunden,
verspätet um beinahe eineinhalb Stunden
dann endlich noch eintraf, begann das Bankett.

Schon reichte ihr Tarzan auf Kokosnussbett,
erfüllt von der Hoffnung, es würde Jane munden,
von Tarzan persönlich für köstlich befunden,
ein wunderbar duftendes Stinktierkotelett.

Nach wenigen Bissen sprach Jane, ihr sei übel
und außerdem sei auch ihr Hunger komplett
verflogen, und flehte, man bringe nen Kübel.

Doch Kübel im Dschungel? Das war nicht zu machen.
So schleppte sich Jane mit versteinertem Lachen
nach Hause und kotzte ins Baumhausklosett.

Anruf Nummer drei, Samstag, acht Uhr vierzehn

Hallöchen, Heike! Ich bin's, Lena!
Ich quatsch dir mal auf den AB.
Du ahnst nicht, was ich hier in Jena
grad eben auf dem Flohmarkt seh.

Nen Wahnsinnsstand mit irren Sachen,
der Typ vom Stand ist supernett.
Jetzt halt dich fest, der Kerl lässt's krachen:
Der hat echt Mozarts Sterbebett!

Der Knabe hat den Stein der Weisen,
und zwar im Sonderangebot,
und dann noch, und er kann's beweisen,
vom Letzten Abendmahl ein Brot.

Der hat nen Zahn von Boris Becker,
von Günter Jauch nen Gallenstein,
von Heino den Elektrowecker,
Kolumbus' Ei und obendrein

von Noahs Arche Flügelschrauben.
Und an der Rückseite vom Stand,
ich konnt's am Anfang gar nicht glauben:
die Dalli-Dalli-Wabenwand.

Die Wabenwand von Dalli-Dalli!,
vom Clooney George den linken Schuh,
ne Locke von der Geierwally
gibt's für nen Hunni noch dazu.

Du Heike, horch, ich rühr mich später,
ich muss jetzt Knete hol'n! Ich schau
noch schnell zur Bank. Grüß mir Hans-Peter.
Ich melde mich dann nochmal.

Tschau!

Der Winzer

Von Sonnenauf- bis -untergang
gilt Jahr für Jahr sein Streben
und all sein Tun im Weinberghang
der Aufzucht seiner Reben.

Doch weiß der Winzer nur zu gut:
An ihm liegt's nicht allein,
es muss zugleich der Sonne Glut
dem Rebstock wohl gewogen sein.

Er weiß auch: Rechter Weinanbau
braucht regelmäßig Regen,
braucht Nebel, braucht den Morgentau
der Traubenfeuchte wegen.

Und patzt der Wettergott gleichwohl,
wird schnurstracks über Nacht
mit einem Spritzerchen Glykol
die Spät- zur Auslese gemacht.

Frühling

Dies erogene Brummen
des Zwölfzylinder V
lässt demütig verstummen:
Ein Traum, metallic-blau.

In Chrom gehüllte Felgen,
kein Auto, mehr ein Pfeil.
Welch ehrfürchtiges Schwelgen,
nein: einfach hammergeil.

Der Spoiler küsst die Straße
bei offenem Verdeck
und – Gipfel der Ekstase –
Blondine im Gepäck.

So rollt im Maserati
vor mir mein Chef, Herr Wolf,
dahinter ich mit Vati
in meinem alten Golf.

Kulturgeschichte des Diebstahls

Auf der Parkbank sitzt Bartholdy-
Mendelssohn, nein umgekehrt,
summt naiv beschwingt in Moll „Die
Moldau“ leicht und unbeschwert.

Doch dahinter lauert Bedřich
Smetana und ist ganz Ohr,
denkt dabei kein bisschen redlich:
„Das kommt mir geeignet vor,

das könnt vielleicht ein Hit mal werden“,
und schreibt sogleich die Noten mit,
und ohne dass Moralbeschwerden
ihn drücken bei dem Gaunerstück,

gibt er sie an die Nachwelt weiter
mit dem Vermerk „Von Smetana“.
Heut jubeln seine Erben heiter,
auch wenn das nicht ganz astrein war.

Tante Therese lädt ein

Erst Kassler auf Kraut,
dann folgende Szene:
Der Kellner bringt Eisbein
und Knödel mit Hirsch.

Ich hab noch gekaut,
als Birne Helene
kredenzt wurd nebst Weißwein
und Schwarzwälder Kirsch,

dann Heidelbeereis,
französischer Käse,
versteinerte Mimik
bei Hörnchen mit Nuss.

Ich stammelte leis:
„Ich dank dir, Therese“,
dann ging’s in die Klinik
mit Dünndarmverschluss.

Im Namen des Volkes

Ein Amtsrichter aus Friedrichshafen,
der hatte im Prozess geschlafen.
Er urteilte dann instinktiv,
weil er – wie schon gesagt – ja schlief
und demgemäß die Einvernahme
der Zeugen, nämlich einer Dame
und zweier Herren, glatt verpasste,
deshalb die Sache nicht erfasste,
und folglich am Verkündungstag
sein Urteil voll daneben lag.

Der Schaden, denkt man, ist nicht groß,
es war das Amtsgericht ja bloß.

Doch in der Nachfolgeinstanz
verirrte das Gericht sich ganz
im Sumpf der vielen Paragraphen,
die diesen Sachverhalt betrafen,
und wurde seinerseits sehr müde,
weshalb es kurzum, fast schon rüde,
verwies den Rechtsstreit alsodann,
wie man sich unschwer denken kann,
bevor es selbst begann zu schlafen,
zurück ans AG Friedrichshafen.

Was uns bleibt

Wenn konvexe Plastikreifen
ketzerisch im Rösselsprung
müde wallend stumm ergreifen
Hula-Hoop-Verherrlichung

und Poseidons Meerschaumpfeifen
– Gott der Wogen: Mäßigung! –
dehydriert in Nadelstreifen
weichen Gänsegeierdung,

heißt es nie und nie begreifen.
Was uns bleibt? Belustigung.
Kranzgesims aus Kalk muss reifen,
Hänsels Gretel fehlt der Schwung.

Protokoll der Kurie vom 11. Februar 2013

Päpstlicher Dressurerfolg

Joachim Meisner, seines Zeichens
derzeit Kölner Kardinal,
reist zur Papstaudienz nach Rom,
trägt unterm Arm sein'n original

Kölner Papagei im Käfig
als Geschenk für Benedikt,
reicht ihn hin: „Das ist die Klara."
Und der Benedikt? Der nickt.

„Klara ist zutiefst katholisch,
sie ist folgsam, fromm und brav,
betet Rosenkranz und weckt mich
täglich pünktlich aus dem Schlaf."

Tags darauf, um sechsuhrdreißig,
tönt es lautstark durch den Saal:
„Guten Morgen, guten Morgen,
guten Morgen, Kardinal!"

Benedikt steht auf und streckt sich,
geht zu Klara hin und spricht:
„Ich bin nicht Kardinal, mein Klärchen,
ich bin Papst, vergiss das nicht."

Doch am nächsten Morgen wieder,
Benedikt wird langsam fahl:
„Guten Morgen, guten Morgen,
guten Morgen, Kardinal!"

Der Pontifex, leicht angesäuert,
nimmt die Klara ins Gebet:
„Schau, mein Vögelchen, es ist doch
ganz egal, wie man es dreht:

Du bist im Vatikan gelandet.
Ich bin hier der Maximus.
Merk dir das, und lass in Zukunft
diesen kardinalen Stuss!"

Doch unverändert geht es weiter,
wochenlang derselbe Satz.
Benedikt wird blass und blässer,
ihm geht's tierisch auf den Latz,

als Gott sei Dank dann eines Morgens
göttliche Erleuchtung naht:
Benedikt stürmt zielbewusst zum
goldnen Kleiderschrank im Bad,

zieht sein allerschönstes, feinstes
päpstlich Festtagsprunkgewand
über, nimmt zur Komplettierung
die Tiara noch zur Hand,

setzt sie auf, fleht: „Klara, guck mal,
komm, sei endlich einmal brav."
Klara glotzt ihn an, dann dämmert
ihr's. Na klar:

„Kölle alaaf!"

O je!

O je! Sag mal, was stinkt hier so?
O Donner, haut das rein.
O weh, hier riecht's nach Katzenklo.
O nee! Wie kann das sein?

O steh mir bei Sankt Kunigund.
O Himmel, mir wird schlecht!
O Gott, stinkst du so aus dem Mund?

O dol – das wär jetzt recht.

Partielle Minderbegabung

Himmelblaue Sommerwonne,
Liegewiese, Strandcafé,
Bruno brutzelt in der Sonne,
ach, wie herrlich ist's am See.

Strohhut thront auf Brunos Glatze,
flirrend steht sie still, die Zeit,
Pommes, Eiscreme, Luftmatratze
und kein Wölkchen weit und breit.

Ausgefranste Baststrandmatten,
Segelboote, dreißig Grad,
Bruno aalt sich jetzt im Schatten,
langsam wird ihm ziemlich fad,

späht nun durch die Sonnenbrille
hin zu seinem Weib, Marie,
auf dem See und denkt sich stille:
Stand-up-Paddeln lernt die nie.

Wissenschaftliche Erkenntnisse

Diese Haare, Haare, Haare,
welche überm Munde sind,
optisch manchmal wunderbare,
saugen flugs und ganz geschwind,
ohne dass man's merken täte
kräftig mit bei jedem Schluck,
das ergaben Messgeräte
äußerst deutlich und ruckzuck.

Wieviel Männer, Männer, Männer
leisten sich hier Luxus pur?
Vom Professor bis zum Penner
fließen in Prozenten nur
achtundneunzig in die Kehle
von dem Bier, das man genießt.
Jetzt fragt jede Männerseele,
wo der Rest geblieben ist.

Doch den Täter, Täter, Täter,
der in dringendem Verdacht,
überführte man und später
wusste man auch, wie er's macht:
Leider fängt den Saft aus Hopfen
wie ein Schwamm der Schnurrbart ein,
und die aufgesaugten Tropfen,
die verdunsten klitzeklein.

Und so danken, danken, danken
alle Männer, dünn bis fett,
nun den Sponsor'n dieser Studie,
nämlich Wilkinson, Gillette.

Jugendliebe

Wir schwebten gen Himmel, den Wind in den Haaren,
mein Roller, er trug uns auf Wolken dahin,
so sind wir des Abends zum Weiher gefahren
und hatten nur ewiges Träumen im Sinn.

Wir fanden am Ufer ein lauschiges Plätzchen,
wir neckten und küssten uns, lagen im Gras,
so dass ich dann prompt mit dem Schatz aller Schätzchen
den Raum und die Zeit und fast alles vergaß,

fast alles, was um uns war, nur nicht die Sterne,
den Mond, ihre Lippen und auch nicht den Wein,
es tanzte das Licht unsrer kleinen Laterne
zum Zirpen der Grillen im Vollmondenschein.

Halb zwölf, auf dem Rückweg dann, musste ich blasen,
sie haben vor Ort meinen Lappen kassiert.
Am folgenden Tag war der Schatz aller Schätzchen
mit Richie und seiner Suzuki liiert.

Der Jazzer

Im Jazzkeller, da lauert er
mit Permanentgedudel
und klagt dann immer sorgenschwer:
„Bei andern rollt der Rubel."

Der Jazzer jammert Tag und Nacht:
„Mich will ja keiner hören."
Es hat ihm niemand beigebracht,
dass Jazzer maßlos stören.

Da gibt es keinen Gnadenakt:
Wir wollen schunkeln, tanzen,
wir lieben den Viervierteltakt
und hassen Dissonanzen.

Der Jazzer nervt die Menschheit schon
gefühlt seit hundert Jahren,
samt seinem doofen Saxophon
soll er zur Hölle fahren!

Nelken, Veilchen, Rosen

Zwischen Nelken, Veilchen, Rosen
sitze ich mit Kopfverband,
hinter mir die Düngerdosen,
hier in meinem Blumenstand.

Heute früh – mein lieber Schieber! –
fiel der Terrakottatopf,
aus der Blumenampel über
mir, auf meinen Hinterkopf.

Dass die Veilchen, Rosen, Nelken
nun in meinem Blumenstand
demzufolge nicht verwelken,
halt ich durch mit Kopfverband

und sinniere schon seit Stunden,
grüble hin und grüble her,
akkurat den Kopf verbunden,
was denn jetzt das Beste wär

für die Rosen, Nelken, Veilchen.
Aktueller Zwischenstand:
Heute bleib ich noch ein Weilchen,
morgen kommt dann Ferdinand.

Psychogramm

Schon als Unsympath geboren,
schon als Säugling dumm und stur,
schon als Kind ein „Arsch mit Ohren“,
selbstgerecht und Fiesling pur.

Schon als Teenager „Herr Wichtig“
und erwachsen: Depp komplett.

Wenn wer so ist, ist er richtig,
richtig bei der GEZ.

Korpulente Ente

Ich sah sie per Zufall am Weiher,
sie watschelte still vor sich hin,
im Schilfgürtel kackte ein Reiher,
am Ufer ein Kleinbus aus Speyer,
das Ganze ergab wenig Sinn.

Noch nie sah ich solch eine Ente,
so exorbitant korpulent,
ich rief dann sofort die Polente,
seit Februar bin ich in Rente,
das Ganze war letzten Advent.

Wir haben die Ente gefangen
und gleich auf die Waage gesetzt,
die Wiegeversuche misslangen,
so wurde sie – reichlich befangen –
auf viereinhalb Kilo geschätzt.

Nun blickte sie sehnlichst zum Weiher,
wir wünschten der Ente viel Glück,
am Ufer der Kleinbus aus Speyer,
es kackte noch immer der Reiher,
dann flog sie zum Weiher zurück.

Beispiele spektakulärer Gebetserhörungen bei Künstlern

Beispiel Nr. 4:

Beim Nachtgebet sprach Haydn:
Ich kann den Kerl nicht leiden,
drum bitt ich mit Verlaub:
Mach Beethoven doch taub.

Beispiel Nr. 7:

Beim Nachtgebet sprach Rilke:
Ich hieß gern Rainer-Silke,
und lässt sich das nicht richten,
dann würd ich gern gut dichten.

Beispiel Nr. 14:

Beim Nachtgebet sprach Bartok:
Zum Glück gibt's noch nicht Hart-Rock.
Den lass erst werden in,
wenn ich mal nicht mehr bin.

Beispiel Nr. 22:

Beim Nachtgebet sprach Bohlen:
Ich bitte unverhohlen,
mach Thomas Anders dick.
Das wäre mehr als schick.

Wortsymphonie in ABC-Dur

Austernpilzkonsumverhalten,
Bauernkriege, Campingklo,
Disneyfantasiegestalten,
Erstbesteigungsrisiko.

Frauenchor, Gebührenteilung,
Hängemattenspanngerät,
Influenzawunderheilung,
Jungfernflugnervosität.

Kommunismus, Leuchtstoffröhre,
Mörserkolbenausverkauf,
Nougatschokoladengöre,
Oldenburg, Pistolenlauf.

Quastenflosserstudienreise,
Rittersportprokopfverbrauch,
Sturzflugbombereinflugschneise,
Tiefgaragengummischlauch.

Urologenpraxisschilder,
Vizepräsidententrick,
Weihnachtsbaum, Xanthippenbilder,
Yetischuh, Zementfabrik.

Geschäftssinn

Wohnte ich in Ostwestfalen,
handelte ich mit Sandalen,
und zwar mit den Top-Sandalen
vom gesamten Ostwestfalen.

Lebte ich einmal in Uelzen,
hätte ich nen Stand mit Sülzen,
pries sie an dann, meine Sülzen,
als größte Sülzen von ganz Uelzen.

Ginge ich nach Baden-Baden,
dann mit Rindsrouladen-Laden,
ich taufte den Rouladen-Laden:
„Rouladen-Laden-Baden-Baden".

Landete ich mal in Düren,
stieg ich um auf Brandschutztüren,
bewürbe meine Brandschutztüren
mit „Brandschutztüren? Nur aus Düren!".

Käme ich nach Frankfurt/Oder,
zög ich rasch nach Zeulenroda,
denn es heißt, dass Zeulenroda
schöner sei als Frankfurt/Oder.

Wäre ich einmal ein Herner,
würd ich Arschgeweihentferner,
und als Arschgeweihentferner
schätzten mich dann viele Herner.

Weilte ich in Barcelona,
setzte ich auf Druckertoner,
verkauft an die Bewohner Toner
im „Shop-für-Toner-Barcelona“.

Verschlüg’s mich gar bis nach Nairobi,
eröffnete ich dort nen OBI
mit ner Aufschrift an dem OBI:
„Erster OBI in Nairobi“.

Zurzeit leb ich in Landsberg-Ost
mit nem Versand für Traubenmost,
ernähr mich von Sozialamtskost.

Wer kauft schon Most aus Landsberg-Ost?

Warum nicht konvertieren?

Bin ich erst einmal Mormone
– und ich freu mich schon darauf –,
wird's ein Fest für die Hormone,
gibt's Erotisches zuhauf.

Dann nehm ich mir zwanzig Frauen,
alle jung und wunderschön,
und ein Bett lass ich mir bauen
mit den Maßen sechs auf zehn.

Eine Frau ist nur fürs Kochen,
eine steht am Bügelbrett,
fünfe gehn für mich malochen
und der Rest mit mir ins Bett.

Munter werden wir es treiben,
dreizehn Stuten, ich der Hengst,
und auch tags im Bette bleiben,
was dort abgeht, ahnt ihr längst:

Leidenschaft und wilde Lüste,
hemmungslos werd ich verwöhnt,
scharfe Ärsche, pralle Brüste,
„Nimm mich, Rudolf!", wird gestöhnt.

Nur ein Problemchen ist zu sehn,
sonst wär die Sache schon geritzt:
Bis jetzt bin ich – muss ich gestehn –
bei Frauen immer abgeblitzt.

Ach?

Zwei Nonnen bliesen Tuba
in einer Stadt auf Kuba.

Ich glaub, es war Havanna
und eine hieß Johanna.

Kikeri-hicks-ki

Seht ihn an, den Gänsegeier,
trinkt er, hieß er besser „Reiher“,
denn im Vollrausch reihert er,
deshalb passte „Reiher“ sehr.

Seht ihn an, den Wasserlurch,
trinkt er, dreht er vollends durch,
rülpst sie an, die Anakonda,
grad als säß er auf ner Honda.

Seht ihn an, den Weißkopfadler,
trinkt er auch nur ein, zwei Radler,
schwärmt er vom Westjordanland.
Näheres ist nicht bekannt.

Seht es an, das Weiderind,
trinkt es, schlachtet man's geschwind,
denn man spart – das ist famos –
den Rotwein in der Bratensoß.

Seht ihn an, den stolzen Eber,
trinkt er, kriegt er's auf der Leber,
und während er darnieder liegt,
die Sau vom Andern Ferkel kriegt.

Darum mein Rat an alle Tiere:

Denkt an Magen, Dickdarm, Niere,
Leber, Galle und Gehirn,
bietet der Versuchung Stirn
und lasst zu eurem eignen Wohl
uns Menschen doch den Alkohol.

Leibrente

Wir haben die Oma jetzt einschläfern lassen,
das ging äußerst preiswert und unkompliziert,
da helfen zum Teil die gesetzlichen Kassen,
der Rest wird auf Antrag vom Staat finanziert.

Wir denken, es war auch im Sinne von Oma,
sie tat sich inzwischen beim Gehen recht schwer,
wie schnell wird man Pflegefall, fällt mal ins Koma,
wird taub und gefährdet den Straßenverkehr.

Mit knapp achtzig Jahren, so darf man wohl sagen,
da hat man im Grunde sein Leben gelebt,
wie gut tut's zu wissen, dass Oma getragen
von Engeln wahrscheinlich gen Himmel nun schwebt.

Für Omilein war es ganz sicher das Beste,
jetzt bleibt ihr zum Ende hin manches erspart,
denn morgen ist Opa aufgrund der Atteste
beim Einschläfern dann schon als Nächster am Start.

Coming-out

Ich sage es nun einfach so:
Ich lese Micky-Maus
viel lieber als zum Beispiel Tho-
mas Mann.

Jetzt ist es raus!

Der Bademeister

Bei Regen ist sein Dienstbeginn
um neun, so war es immer,
dann legt er sich zum Schlafen hin
ins Bademeisterzimmer.

Bei Sonne bräunt er sich ab acht
im Liegestuhl am Becken
und lässt sich kurz vor Dienstschluss sacht
per Handyweckton wecken.

Ab Ende Sommer schließt bis Mai
das Freibad seine Pforten.
In dieser Zeit hat er dann frei
und ruht an andern Orten.

Zwist um Liszt

Auf Sylt soll ein Buddhist sein,
der zieht sich gern Franz Liszt rein.
Doch stellt sich dann oft Zwist ein,
weil Nachbarn angepisst schrei'n:
„Jetzt lass den Liszt mal Liszt sein,
schwing lieber mal das Twistbein!“
Und? Tanzt er dann den Twist? Nein,
er schaut nur ziemlich trist drein,
holt sich vom Wein ein Kistlein
und gönnt sich anstatt Liszt Wein.

Jetzt fällt mir nur noch Mist ein.

Das Kribbeln beim Bestatten dicker Dänen

Das Kribbeln beim Bestatten dicker Dänen,
das vielen Menschen, selbst in Kopenhagen,
bis dato nur bekannt vom Hörensagen,
das sollte man zum Abschluss noch erwähnen,
das Kribbeln beim Bestatten dicker Dänen.

Register

Rudolf Anton Fichtl

ist neben seiner Berufung
als Lyriker auch als Begleitperson
im Begleiteten Fahren,
Geburtshelfer und
Heizungsreparateur (Pelletheizung
Viessmann Vitolig 300) tätig.

Er lebt in Landsberg am Lech.